HAPAX

岩切正一郎

思潮社

HAPAX

岩切正一郎

思潮社

HAPAX

わたしはあなたのなかの歳月を
大きな謎のようにみつめる……
……かたちもなく漂い　薄らぎ　濃くなり……
なにかあるようで　なにもない
なにもないようで　なにかある……

……

………それはゆれている　うごいている……
それなのに動いていない……
……それは流れている……
……降りしきる雨の姉妹のように……
……持ち主をなくしてぼんやりした窓に
　　　触れて黙っている
霧の一族のように……

……葉のうえにはいくつも
　　まるくひしゃげた露……
ほつれた叫びのうえに草の実をつけた人は
ことばのうえに雨あがりの滴をのせている
それはいつもすべり落ちる……どこか……下のほうへ……
……底のほうへ……ノイズのなかへ……
………記憶の船のように……髪の毛のように……
…………ちらばった染みのように……

……小さい響きにかすかな狂いが射し込んでいる
……微熱のなかへ鳥たちは沈んでゆく……
……灰色の光が羽ばたいている
……灰色の羽ばたきはゆらめいている
………

わたしたちはすでに解体しはじめている
疲れた暗鬱な舟の浮かぶ美しい水はあるのだろうか？
……あるいはとても長い節をいつまでもさえずっている川辺の鳥は……
ランダムに糸状の時間のなかで……ヒナギクとパンを買い
……布にくるんだ声は日なたに置いて
（声は大切にしていましたちゃんと生きられるかどうか分かりませんでしたから）
……死んではいけない声に歌を聞かせていました
　　いろんな人とお付き合いをしながら
　　　あなたともそうではありませんでしたか？
わたしの心は雨にぬれた岩の色をしている　（黒ずんだ爪のような）
音楽はそのなかで生きていた

まわりの草むらで出発も夢も焦げついていたとき

わたしは歌っていた　少し傾いた棒のように
わたしは歌って話をしていた　庭が甘く香りはじめる夏の夕暮れのように
そしてわたしは　あなたが手づかみした透き通って美しい魚の話を聴いていた　庭に来て
歌っている見えない者たちの声を聴いていた
わたしたちの声は見えない者たちの声と同じ空気のなかで遊んでいた

ほんのいくつかの音だけだった　ほんとうに響いたのは
それを聞けたからわたしは生きていて良かったと思う
そのほかのどんな理由も慰めも楽しみもわたしを地上につなぎとめてはいなかった
その音が棲みついて泉になったからわたしの命は枯れることがない

泉のまわりの記憶

そこには黒と白のスタイルがある　（わたしはペレックの詩集を読む）

☆

耳鳴りにぶらさがっているコウモリは
いっせいに飛び立って夕暮れの町を徘徊する
……はやくも乳首をふくみはじめたいたわしい唇たち……
やがてそうなるものを固めながら
……小刻みに臨終し復活し……
……（夏、蜜蜂は重くなった……蜜色の光のなかで……花粉と蜜……わたしたちの脳髄の
なかに蜜は蓄えられ　花々は受粉した……）
……忘却でびしょぬれの妹がピアノを弾いている
……忘却でずぶぬれの母がストーブに火をつけようとしている……

この産道はむかしは防空壕だったのかも知れませんね……奥の方から溶岩のようなものが流れて来るのですけれど……不気味ですよ……輪切りにしてはどうでしょうか、パセリかなんか添えれば、なんとか格好もつくんじゃありませんか……瞳孔からごくごくのみほしているみたいですよ……目もまだ開いていないのに……この子は、風にふるえる葉っぱまで……

あなたはわたしの唇が好きになり、本を書くでしょう……
あなたはわたしの頬が好きになり、絵を描くでしょう……
あなたはわたしの乳房が好きになり、歌をつくるでしょう……
あなたはわたしの瞳が好きになり、愛を知るでしょう……
あなたはわたしの沈黙が好きになり、夢を知るでしょう……
あなたはわたしの抱擁が好きになり、郷愁を知るでしょう……
郷愁……あなたはわたしのなかに秋の草と日だまりの匂いをかぐでしょう……日だまりの匂い

きみは音へ解きはなたれる　心は解除される
書物と夢はひとつの肺を共有する　息吹は水平線のように触れあう

日常は
ふとしたときに音楽を奏でる

呼吸はじぶんじしんを呼吸しているのでもなく
言葉もじぶんじしんを運んでいるわけではなく
空虚に触れると輝き
いっそう軽くなる

ひとつの深さを桜色の風のように感じた日
それはひとつの嘘かも知れず　ほんとうと信じたい気持ちもあった

彼はドトールでコーヒーを買い
カフェ・ド・クリエでコーヒーを買い
エクセルシオールでコーヒーを買い
眠っていたものをおびきだす距離をはかり
たいていはゴタゴタをおびき寄せる
ある日彼はすれ違うだろう　押しても戻らない鍵盤で
ひろっていた波打ちぎわの幻と

起点からの距離を示すために
はじめて世界に降ったときの雨がもう一度降る
こんなところに布団を敷いて
おれの先祖は何をしているのだろう?
こんなところで眠るのか?　何か夢でも見るのだろうか?
愛も交わすのだろうか?

……悦楽の贈与はあったのだろうか？　起点は移動し　ゆるみをぬい
——少年は　朝　光のなかに浮いていた……目をあける前にべつの目がひらいていた
………からだじゅう光にあふれ　からだは微笑んでいた——
……記憶の一点……そして残りは背骨にそってざらざら流れ落ちてゆく……

分包された水を抱いている
ぼくというエートルの断面にそって
プラスチックの粒と可愛い音楽……
塩で輝く凪
香っていたあの花……あの花は
川面からのぼる霧と一緒に悲しみの肌をのぼっていった
ぼくらは埋め尽くされている　窒息に　灰に　点滴に
星座に釘を打ち　すり減った歯を吊るし

タイヤから咲きでる花で花束を作り
包丁が埋められている空へコップを持ち上げ　乾杯する

冷凍されたしがらみを解凍し　もう一度日々を始め
個室にいたのは太り過ぎた女で
太り過ぎてキューブになっていて
そのなかで男は内臓に脂《あぶら》をためこんでいて

ファクティスなふやけた愛
通過する者だけが深くもてなされている……深遠な哲学！

☆

……顔に昏ができるまえ……

……顔のなかを切り裂いていた……出口をもとめ……
……もとめていた……

HAPAX《アパックス》
叫びを一片の美しい金属に変える者
あれはぼくの好きなひとが座った椅子……暗がりのなかにひっそりと
……あそこにぼくの心臓を置こう……
ぐにゃぐにゃの内臓をきちんとハート型にして
……孤独と歌でいっぱいにして……椅子の上のハート型の心臓……帆に風をはらませ……

忘却でびしょ濡れの妹は古いマドリガルを弾いている
……七草の音階に音楽を書き込んでいる
……忘れっぽい波が岩の上に置いた思い出……

その波ものまれてしまう……遠ざかってゆく灰色の瞳
……泡立つ記憶　鳥……炭酸水……
太陽がだれもいない風景のなかに捨てた一本の光線
……森のなかの水……木イチゴと風……遠ざかる灰色の瞳
……消えてゆく記憶……

母はストーブに火をつけさっきより少し乾いている
……忘れっぽい太陽の光にバラを挿して
指はこぼれていく　さらさらと砂のように
……王妃の遺品の砂時計の砂のように……
落ちきった砂は指へはもうもどれない……妹は少し日なたに近づいた

太陽をうるませ
身じろぐ石たち

思いおもいに夢は
死者のまなざしの蔓にとまっている
――ぼくらの足音は一段とひそやかに……
石はかすかに羽ばたいている

口ずさんでみる
ロンサール　パウンド　ウンガレッティ……
……ギルヴィック　シャール　シュペルヴィエル……
マラルメ　ランボー　ボードレール……
……リルケ　ツェラン　ロルカ……
エリュアール　ミショー　カミングス……
……ラングストン・ヒューズ……
……アポリネール……虐殺されている……アポリネール……

へりくだる　高飛車な　紆余曲折した　ひっきりなしの
反復と命令と命令と……静かな光をにごらせ……
……すきまなく管理し……残った隙間には販売機を置いて——命令して
反復して　染め上げて　稼いで　染め上げ……

メロディー……いい人もぶさいくな人も
メロディー……定時に……沼の匂いを消し……会話して
……短絡的に……官能的に……語尾と相づち……触れてもいいところと
まだ触れてはいけないところ……音もなく揺れ……水草……匂う
……重い髪……沼……会話する……沼……短絡的に……官能的に……

☆

水をいっぱい含んでいる古い波

☆

……わたしは今ようやく人はえてして失踪するものだと学んだ

裏階段のろれつが回らなくなっている
…………（そこを一歩ずつあぶなそうに降りていくのは、あれは犬を連れた母
　と妹？）

とても気遣いにあふれた人たち　わめくときも臭ってはいけないので
わめく前には口臭を消してわめく人たち
雲はいたましく響きながらそのわめき声を聴いていた
……遠ざかる灰色の瞳

背後に夏が来た……夏はしばらくそこに留まっているだろう
……べつの場所には野バラが……テーブル　本　新聞
……水辺にしゃがみ水のきらめきを見ていた……ある日、月は手放されている……近づいてくる太陽……断面のある海がうねっている……

HAPAX《アパックス》

越え出るものを含んでいる……
叫びを一片の美しい金属に変え
背戯《せざ》れ　指戯《ざ》れ　唇の　頬の
息を吸い……ぽたぽた
落ちてくる……息を吐き……

……ぬめぬめ　ぶにょぶにょ　あふれている……息を吐き
きったところにぬるぬる……生えている……何もない……
……息を吸う……背中で……たわむれる……ぴちょぴちょ……
つながらない……息を吐く……数えられない……
……もう一度……息を吸う……くっつかない……息を吐く……動いている
……きゅるきゅる……果てしなく……ぽとぽと……向こうも……
……果てしなく……生えている……手の平原……何をしている?……
泥……じちゃじちゃ……息を吸う……

わたしは……言葉と物……悲しい熱帯……よこぎってゆく……一頭のロバが雨にぬれた岩の色をして黒ずんだ爪のような耳を動かしている……何かが突然終わったみたいに……でもロバは何も聞こえなかった……ロバに聞こえないのなら人に何が聞こえる?……ロバが最後に聞いたのは何万年も前の風の音……物語は涙か血か精液で味つけされている……

出発が
こびりついている
向こうでもここでも
わめいている………うるさい……うるさい！……
……あぶないですから黄色い線まで……
わめいている　食べている　喉につまらせている
……領収証はカードを抜き取ったあとに……
洗っている　眠っている　夢みている
スマホに照らされている
褶曲した体……用務員さんは夢を消してゆく
顔を洗う　若いのに七五調で？　シュプレッヒコールしている
わめく前には歯を磨いてください
歯のない人もポリデントしてわめいて……そして眠って……わめいて……
眠ってください……わめいてください

わたしを作ったのはあなたで
あなたはわたしを壊すことができる
あなたがもうわたしのことをいらなくなったとき
でもそれをなかったことにはできない
永遠の神秘！
世界の泣き所！
神秘の唇がひらくまえ……腹に…手首に…首根っこに……
染みでかぶれて首に腫れ物ができてしまった！……
ドクダミの葉っぱで治るでしょうか、かえってかぶれると困るんですけど
……このへんは水がおかしいのではないでしょうか
くびのうしろのへんなイボ……ウッ
……ほのかに熱をおびている……ほのかに……流れていく……金平糖みたいな記憶をばら
まいて……夜空に……鳴咽ときれぎれの稲妻のあいだに……排水口から水にもまれて出て
くる……のびきった頭蓋骨……そこを通ってゆく……忘却でびしょびしょの妹

忘却でずぶぬれの母
おとなびた海……かなしげな昼……道ばたの花
名前を訊いても答えてくれないし
植物図鑑をひらいてもおなじかどうかよくわからなくて
……そこで彼は自分の植物図鑑を作った。この黄色い花は
　天使の結石、この紫の花はおばあさんの初恋……彼は
　目をつむり斜面を転がる……今すぐ全部、でなければ
　死ぬ……ああ、記憶が泡立っている……

渇いた喉をうるおせるだろうか？
名前……どこにも記されていない
名前……彼は忘れなかった

葉のざわめきはざわめいて

乾いた音をたてながら
人々を枝へ編みこんでゆく
白い雲のうごく土地に
水はわいて
心に響きをのませ
孤独はひっそりとゆれながら
灰色の不安に手をのせる
雲はいたましくちぎれ飛び
ひよどりは光に鋲を打ち
かすかに身じろぐ眠ったものたち
日なたの石は小さく羽ばたき
思いおもいに舞いはじめる
夢のなかを……
歳月のなかを……

歳月の壁をはう死者のまなざし
——ぼくらの足音は一段とひそやかに
夕暮れのなかへ沈んでゆく
葉のざわめきは秋を彩り
白い雲はうごいてゆく
水のなかへ沈んだ孤独は
水草のあいだから蝶をみつめる
まなざしの蔓にぼくらの足は
一段とひそやかにからまれてゆく

☆

ソックスをぬいだ
足首のあとに

ラブソングが漂って
ぎこちない
口づけなんかも
あったりして
よごれを消して
ポピーの
花のようにやさしい風に揺れながら
時の終わりをふちどっている
海辺の町の
アーケードの商店街の
飾りのなかをあるいて
何もかもながされた悲しみのうえに
浮かんでいる笑顔もあるのだと思い
苦しんだ人に

また苦しいことがあって
どうしてわたしにばかり
とうつむくことのないように
平凡な仕合わせの深さを、主よ、
わたしたちに与えてください

☆

おれは
年を取ったのか？
そう、年を取った
このまま取りすぎれば
人の迷惑になるとはいっても
今さら命を絶つのも

くだらなく
何か食べ　何か飲み　何か読む

☆

ぎくしゃくした雨
ずきずきする雨
疼く雨
地面の上を歩く雨
ノートのなかで手袋をぬぐ雨
やわらかな春に触れていく雨
背中に本を嵌めている雨
いっせいに倒れる雨
キノコ

カーネーション
鋭角に保たれたまま思考されている雨
疲労のなかへ埋没してゆく雨
ドトールでコーヒーを買う雨
カフェ・ド・クリエから出てくる雨
エクセルシオールでパソコンを打っている雨
起点からの距離を示す雨
いつもゴタゴタをひっぱってくる雨
シンポジウムを開く雨
雨は降っている
春の午後を翻訳する雨
ボージョレヌボーを抱えている雨
ヒートテックを着ている雨

美しい花の数々が宇宙を出入りする
イシマル先生へその花をひとつ摘んで行こう
石と看板と溝が自転車に乗って彼岸花を見に行く
寝て起きて座って歩く
声のなかに文字のなかに
息のコレグラフィーの痕跡がある
コスモスはまがい物めいている
静かな光をにごらせ
コーヒーを飲む
キンポウゲの自由と拘禁
ときおりいっせいに枯葉が降ってくる
まるでおれのなかにダニューブ河が流れているとでもいうように
思考の敵に男はジャガイモを植えている
語るまえの現実、おまえは風呂上がりの女のようにいい匂いがする？

あなたと裸で寝ているのはへんです

太ったネコが
水のはいったポリ袋のようにゴロンとよこになり
寝返りを打つ
前足を曲げて
くねくねする
白いおなかのふわふわ
黒い背中の短い毛
撫でながらわたしは訊く
ノミ、たくさんいるんじゃない?
ねえ、ねえ、なんかいろいろついてるよ毛に?
小っちゃくて固いつぶつぶ

ついてるよ
からだをなでる
太ったからだをゆすって
ネコはどこかへ歩いてゆく

*

肉つづきの液体
奥のどこかで
ドアの開く音
何が入ってきたのか
わたしたちは知らない
まどろむ光
いっさいはとけおちている

流れるものでできた
動かないもの

歌う犬

ノイズのなかへ降りてゆく
まわりにあるものは奥からひろがっている
たとえば街路樹の根もとの円くて重い鉄の輪
人の声と混じり合う車の音
けむるように燃える太陽
ディスプレイされている本
……
……変哲もなく……
……ざわめきはあふれている……
……ノイズは組み立てられない……それは場所の皮膚から
分泌されるざわめき……
そのなかに
ガタピシするドアのレールや

サンポールのつーんとする匂いや
くずした膝のなまめかしさや……
……
……集積されたイメージになって
思い出の残滓や……途切れている計画や……
……中断した会話を……もう一度……
こぼれたビーズをあつめるように……糸でつなごうとしても
……わたしのなかにある何かが……わたしがわたしと名付けている
ものとは違う何かが……それを拒否している……その何かは
……いつかわたしの知らないあいだにわたしという名で
何かを語り始めているのかも知れないけれど……わたしには
……もう分からない……袋の小さな破れ目から穀物がこぼれ落ちていく
そのこぼれ落ちていく穀粒《こくつぶ》がわたしなのか……それとも
……くぼみのできてゆく袋がわたしなのか……穀物のかわりに

満ちていく空白がわたしなのか……
……
物語の空白のなかに置いた記憶を……わたしは本をひらくように
……もう一度……読むのだろうか?
それを揺り起こす光をわたしは光と呼ぶのだろうか?
誰の指がその本を開くのだろう……あるいは……本という物質は……
もう消滅しているのかも知れない……本を読むように……
ひとつのイメージからひとつのイメージへ……言葉をたどるように
……たどっていくことは……そのイメージの未来形と過去形を……
そこにはないもうひとつの秩序へ組み替えていくことは……そんなことは
……もうすでに忘却された……復元不可能な
…………孔のむこうの空虚へ流れ落ちていく風の……孔のふちの葉をゆらす
小さな……小さな……さやぎにすぎないのかも知れない……

★

……さやぎというのなら
　わたしはそれと一緒に生きる……
　　ことばのなかで
　　管や糸や膜を打ったり
　　こすったり
　　息を吹き込んだりしながら……
……薄れたり
　　結ばれたりしながら……
……違う音のつながりのうちに……
　　破片にやどる水辺のように……

その水辺の砂や貝殻のように……

★

人形のように……
……手足をはずしたり嵌めこんだりできる
人のかたちをした……愛や苦しみが渦巻いている
奇妙な海のなかを……

戻らないもの
……そのなかへ……過ぎていくもののなかへ……
風は流れこんでいる……
……
くずれたトランセプトを

くぐる風がわたしの歌だった
霧にうるむ太陽
わたしはそれを見ている
……
いなくなった人たちの
沈黙に包まれた涙がわたしを視つめ続ける
……
わたしたちのからだは
見知らぬ日々でできている
見知らぬ日々の向こうの海と花
それを花と呼ぶことができるのなら
それを海と呼ぶことができるのなら
……
書かれていない日記でできた花

反抗と怒りと夢でできた海
……
人はあまりにも忘れている
人生のなかにわたしたちが持っているのは
物語ではなく詩だということを
……
やわらかな耳のよろこび……この世の耳とあの世の耳
……手触りと匂い……そのなかに声もいて……
眼は無防備にみひらいて……愛と蹂躙をのみつづける……

★

きみは眠りはじめる……寄る辺ない目ざめをおそれ……
……固い耳の城壁から……その狭間胸壁《はざまきょうへき》から……とんでくる眼差しに……火を吹く言葉に

……眠りの防具で身を固める……もしその防具までぼろぼろになったら……きみはどうする？　わたしたちはどうすればいいだろう？

……

……濃くやわらかな

　　熱のこもっている声が

きみのなかに眠っているのではないだろうか……きみはそれに会うために眠っているのではないだろうか……（眠りのなかの眠り）……眠りのなかに降る雨とそのなかへ射している光がきみたちへ歌うと……きみのなかでそれは長い眠りから目覚め……忘れられていた花のようにひらき……きみはその香りに包まれ……きみへひらかれた腕の岸辺へ……ひらいた眼のなかからあゆみでるのではないだろうか……耳のよろこびのなかへ……春の陽のような出来事が……壁という壁のあいだに……唇のうごきと対話する出来事が……目ざめるのではないだろうか？……

★

聞いて、とあなたはいう、あなたがわたしの傷に指をいれるまえに、
聞いて、わたしたちは見ていた、ふたりで、
濁った水のうえを泳いでいく蛇を
……
わたしの腕のなかには
まだみずみずしさがあって　そのみずみずしさに笑いかけられて
洗濯物は日差しを浴び　テーブルは拭かれ
子供たちのからだも拭かれた
……
みて、わたしの腕、もう注射針も入らない
みて、この胸、皺になって垂れている
……
わたしはそのからだを拭く

わたしはまだ女盛りのからだを包んでいた肌着の手触りを思い出す
その手のひらはふっくりと
わたしの手を包んだ

……

あなたのいなくなった家
植木鉢を割る音がしている……
あなたが水をやっていた色々な花の植木鉢
きつく結んだ唇をわたしは思い出す
あなたはあの音をきいている?
何を壊しているの?……
どこへ軽くなろうとして?……

……
犬の生まれ変わり
少女はそう言われた……

歌う犬　春の水平線
霞立つ指がはじく一本の糸
いつかそれが言葉で聞こえてきたら
わたしは答えなくてはならないだろう
きみがわたしを　それとも
きみをわたしが　殺してしまう
……ある日……それが聞こえてきたら……
……
虚無……
絶望……
いわく言いがたいもの……
ある種の透明感をたたえひたひたと切迫してくるもの……
……音や匂いや色をひたして……
……

夜の髪の毛
昼の髪の毛
……
しぐれの降ってくる海べの道
さみしい色の集合住宅
……
暗鬱な色で塗り込められた空
……
グラムロックのボリュームを上げていく夏
……
皮膚病にかかった犬が寝ている……
……
夜の髪の毛
昼の髪の毛
……

★

女はうめく
――失意の底で枯れている腐敗と死の神秘
……もしそれが花咲いていたら……わたしは
……別の庭を歩いていた
……
砂利を踏む足音が壁の厚みを増してゆく
疑念と怒りが
狂っている

★

霞んでいる、あの辺りは
人生のいい時じゃなかった？
とつぶやく人の横で
もうひとりの人は
あそこには何もない、と笑う
いっぽうは鯖の水煮を食べながら空想する
ヤブガラシの昏倒する盤面で
スペードの女王が虻をまっぷたつに割り
ガラスの乳房から心臓がこぼれ落ちていくのを……
もういっぽうは
冬の終わりに快楽を発明する
鞭の知
霞んでいるあの辺りには
「色のない緑のイデーが猛然と眠っている」

……
……すきとおった毛皮をきている獣の匂い
……

★

ぼくたちは飲む……
明日　沙漠のなかで
泉となっているもの
……
それは今日は
凝固したグリッサンド　あるいは石にすぎないが
明日は「以前」と「以後」を持つ
果てしないものになるだろう

★

それはおまえよりも強く
おまえよりも強いものを
おまえは追い出すことはできない
追い出してしまえばおまえはもう
おまえではなくなる……
…………

★

……かつてあったものが
残っている

映像として　記憶として
別のところに　音として

わたしが思い出すもの
わたしに思い出させるもの

……不意打ち……

思っていたのとは違う景色

ますますくっきりと美しく
葉を落とした木のシルエットが
冬の夕空をバックに立っている

★

ふいにポップスのフレーズが
口をついて出てくる
〈わたし〉のなかへ来て
時の渦をつくり
いなくなる
どこから来てどこへ？
〈わたし〉はパソコンの画面とハードディスクに似ている

★

印刷された紙
紙は

言葉ひとつひとつに
居場所を与えている

写真
手紙
ひとつの場所を与えられた記憶

わたしの脳
妻の脳
娘の脳
親の脳
妹の脳
脳はあつまって家族脳をつくり
かさなる記憶と

欠けたパーツを補い合う記憶と
物忘れがはじまってようやく顔を出す記憶と
そっといつまでも秘密にしておく記憶と　変形した記憶を
つないでそれぞれの生活へつなぎ輪郭の霞む集合をつくり……

――〃わたしには家族というものがなかったんです
ふつうの家族じゃないんです　母は死んだことになっていました
わたしが自分の戸籍をみるまで……
ある日とつぜん妹が来て
わたしとは血でしかつながっていないのに
一時間いっしょにパフェを食べたら
二十何年分の時を共有したのと同じようなことを
言うのでバカバカしくなって
じぶんのなかに家族のイメージがないから

人と家族を作るということが
どういうことなのか
分からなくて〟……

――湖をわたる風が
心にしゃべりかける……
こうして幸せを摑むのだと
教えてくれる……
わたしはあなたと一緒に
その風が吹いている本のページをひらこう

★

鳴っている音は奏でられている

☆

書物のなかで眠っている言葉
それはわたしたちのなかに住み続け
声にすると快楽になり

☆

黄ばんだ紙に染み込んでいる
言葉は永遠に変わらない

★

その言葉と
ほかのいくつかの言葉
それはわたしたちの日常の老廃物を排泄し
骨をつくり
血液をつくる

★

巻物と本

わたしの言葉は巻物のほうが合うのかも

★

政治とエコノミー
靴下を脱ぎ体を重ね
薔薇色のカーテンを
開けたり閉めたりする
……おまえには判断できない
それは愛なのか戦略なのか
指が淡い言葉を集め
ガラスの花瓶に入れてアレンジするとき

★

政治とエコノミー
駅と競技場と体育館
ゲームと中継装置

★

木々は織り姫の織った光の衣裳を着ている
……天の川のしずくに濡れて

★

クセナキスの曲を
かけていると
夢が冴えてくる
彼の理論はぼくの手には届かないけれど
エネルギーのほうは届いてくる

（ヴィトゲンシュタインに届いた
トラークルの暗鬱のように）
音の水平線
血は樹木をふるわせ
水の打楽器……ほかに何か
することがあるだろうか？
金属はメタフィジックな夜を輝かせ
無限と野性と偶然の三重唱……

★

電話機のしたに住んでいる
小さなぬいぐるみの一家

トイレの動物園にいる
小さな十の動物

★

ウミウサギとオパール

★

音は奏でられている

★

……去年とは違う景色……

（そのなかに瞬間の変数が入っている）

★

にゃぁあわわわ　はっほ
にゃぁあわわわ　はっほ

★

ふにゅ
にゅううう

★

いつかぼくは
エストニアに行くだろう
タリンの本屋さんで
カプリンスキーの詩集を買い
人の良さそうな若者に声をかけ
エストニア語の詩を
四つか五つ朗読してもらうだろう
それをボイスレコーダーに録音して
北極をとおってじぶんの国へ帰るだろう
一日の終わるとき
その詩に耳を傾けるだろう

★

人生は無意味かも知れないが
そこにあるものには意味がある

★

ひとつのことを深く信じれば　残りは遊びになる
問題は
わたしには遊びでしかないことが他の人には信じる対象になり
わたしの信じていることが他の人には遊びでしかない
それが往々にしてあるということ

★

……人生の終わりに

あなたはますますはっきり自覚した
この生活は不幸だったと……
そのとき人はどうする？
もう遅すぎる　もうすぐ死ぬのに
どういうこと、不幸だったって？
どうしてわたしは我慢して生きなくてはならなかった？
どうしてわたしが先に死ぬの？
たったひとりで死のなかへ解放されても
それはいのちの解放とは違う
わたしにはもっと別の人生があったはず
もう遅い
もう遅い
死んだら風になって吹き荒れてやる
びゅうびゅう吹き荒れてやる……

★

思いっきり
そうしていいよ
少しほほえみながら眠る女の子のように
幸せを夢のなかで思い出し……
ほんとにもうどこにもそれが見当たらなかったら
何もかも消して
もうひとりの女の子にかえって
窓から雲をみている……
春さきの光を眺め
何かしら甘いものを
胸のなかへ吸い込んでいる

★

みんな先に死んでいくから
今では話相手が誰もいなくなってしまった
とまるで友人がいたかのように嘆息できる男
彼は小さな庭で
灰と野菜屑から肥料をつくり
日々の野菜を育てる
——ひとりの食卓は
　　ぬくもりがなくて寂しいもんだ
——前はあった？
——あったよ

吹き荒れている……

★

★

おまえはわたしを破壊した　破壊したんだから
何でも持っていけ　何でも好きなものを
わたしが美しかったときは
触れることができなかったものにも
今はその手で
触ることができる
壊れる前にどんなに美しかったか
おまえには分からない

もちろんおまえは想像する
おまえなりの鏡に映して
おまえなりの触り方で
そして復元されていく
錆だらけの美
でももう生きてはいない
どこにもない
それが生きていたとき
わたしは歌をうたった
たぶんどこかでその歌をうたっている人がいる
その人は
壊れる前のわたしを思い出のなかに持ち
その思い出と一緒に死ぬだろう
わたしはその人の思い出のなかで

もう一度生き
一緒に死ぬ

★

……あの日　頬杖をついて
少女の顔になっていた……たぶん冬の日だった……今　どこにいるのだろう
……あの　夢へときはなたれていたような顔と……あの　嵐を含んでいた顔……
顔……それはぼやけていく……やわらかなものだけがわたしのなかに留まり……ひとつの
感覚の重みとなって……あるいはひとつの軽さとなって……そしてわたしにはどこまでが
ほんとうでどこからが架空のものなのかもう分からない……

★

わたしはノートに書き写す　心を病んでいた女が男と別れる前に言うセリフを

「あなたは海面に出ている大きな岩のうえに裸で寝そべって、内面は洗い流されてきれいになる、あなたは完全に開かれる……そうして、わたしのざわめきだけを感じている……もし何百年も後に、誰かがわたしたちの体を見つけたら……そこには愛の痕跡しか残っていない。」（ラーシュ・ノレン）

★

わたしは冬のなかへ入って行く

★

音は奏でられている

作品中に、以下の表現からの借用がある。

「忘却でびしょ濡れの犬」（ヴェリボル・チョリッチ）

「古い波がやってきます／水をたっぷり含んでいます」（エリック・サティ）

「あなたはわたしを完全に破壊した……破壊したんだから、好きにしなさいよ〔…〕そこから好きなもの取りなさいよ」（ラーシュ・ノレン）

＊

「その風が吹いている本」はスタンダールの『パルムの僧院』。

目次

岩切正一郎（いわきり・しょういちろう）

一九五九年宮崎県生まれ。著書に『さなぎとイマーゴ　ボードレールの詩学』（書肆心水）。論文に、ボードレールにおける散文詩の特質について考察した《Autoportrait du poème en prose》（*L'année Baudelaire*）、歌人の塚本邦雄におけるボードレールの影響を論じた《L'Idée du mal et l'influence de Baudelaire sur Kunio Tsukamoto》（*AmeriQuests*）、日常と驚異について考察した「立てかけられた箒」（「人文科学研究」国際基督教大学）、他。詩集に『木洩れ日の記憶・蛹の夜』（七月堂）、『エストラゴンの靴』（ふらんす堂）、『翼果のかたちをした希望について』（らんか社）、他。

HAPAX　アパックス

著　者　岩切《いわきり》正一郎《しょういちろう》
発行者　小田久郎
発行所　株式会社思潮社
一六二－〇八四二　東京都新宿区市谷砂土原町三－十五
電　話　〇三－三二六七－八一五三（営業）八一四一（編集）
FAX　〇三－三二六七－八一四二
印　刷　創栄図書印刷株式会社
製　本　小高製本工業株式会社
発行日　二〇一九年六月三十日